AF475337

LES LARMES DE S. PIERRE, ET AVTRES VERS SVR LA PASSION.

PLVS

QVELQVES PARAPHRASES SVR LES HYMNES DE L'ANNEE.

A Monsieur Phelypeaux, Seigneur d'Herbaut, Conseiller du Roy en son Conseil d'Estat, & Tresorier de son Espargne.

A PARIS,
De l'Imprimerie de Robert Estienne.
1606.
Auec priuilege.

A MONSIEVR PHELYPEAVX, SEIGNEVR D'HERBAVT, CON^{er} DV ROY en son Conseil d'Estat, & Tresorier de son Espargne.

MONSIEVR, Entre plusieurs autres vertus qui vous acquierent & conseruent la bienvueillance de tous les hommes d'honneur, i'ay de tout temps recogneu en vous vne inclination particuliere à la lecture des choses sainctes. C'est ce qui m'a principalement conuié à vous dedier ce petit Poëme spirituel, que i'ay reueu & repoly en quelques endroits. Ie ne doute pas qu'il n'y ait beaucoup plus de l'autruy que du mien ; voire que le peu que i'y ay mis ne soit estimé moins que rien estant comparé au merite d'vn si diuin suiet. Mais puis qu'il ne se fait gueres de traductions sans quelque deschet de la grace & naïfueté des premiers autheurs ; & qu'eux mesmes ne trouuent iamais de termes assez significatifs pour exprimer ce que leur esprit a conceu, dont la meilleure part demeure comme supprimee en leur imagination : cela doit rendre aucunement excusables ceux qui ne iugent de leurs conceptions que par des paroles desia defectueuses. Ie desireroy que ce mien essay feist venir l'enuie à quelcun de tenter la mesme entreprise, & de se seruir de mes fautes pour obuier aux siennes. Tel qu'il est, ie le vous presente, & me promets qu'ayãt eu le bien d'estre approuué de vous, il sera en ceste seule consideration fauorablemẽt recueilly de tous, receuant de vostre part ce qu'il ne pouuoit obtenir de moy, qui me contêteray de vous y tesmoigner combien ie suis,

Monsieur,

Vostre tres-humble & tres-obligé seruiteur R. E.

ΠΡΟΣ ΡΩΒΕΡΤΟΝ ΣΤΕΦΑΝΟΝ.

Κλωσὶν ἀειθαλέσι στέφανος Στέφανον στεφανῶσι
Ἀενάοις τ' ἔξω δάκρυσι δευόμενος.

ΙΑΚ. ΣΕΒΑΣΤΟΣ
Θυανὸς Ημέειος.

ΡΩΒΕΡΤΟΥ ΣΤΕΦΑΝΟΥ
Απόκρισις.

Ἀ' Στεφάνοις μίμνειν ἐπεὶ οὐ καλόν ἐστι Σεβαστοῖς,
Χρή σε, Σεβαστέ, λαβεῖν τὸν Στεφάνου στέφανον.

PRIERE SVR LA PENITENCE DE SAINCT PIERRE.

TOY qui par ton regard propice & salutaire
Voulus de ſon erreur ton Apoſtre aduertir,
Et en ſources de pleurs ſes deux yeux conuertir,
Comblant ſon triſte cœur de repentance amere :

Tourne ſur moy tes yeux, & de leur flamme claire
Illumine mes ſens, & me fay reſſentir,
Comme à ton cher Diſciple, vn ſi prõpt repentir,
Que i'obtienne en pleurãt le pardon que i'eſpere.

Helas ! il ne t'auoit que trois fois renoncé,
Et moy ie t'ay, SEIGNEVR, tãt de fois offensé,
Que mon eſprit confus n'en peut ſçauoir le conte.

Si ne doy-ie pourtant eſperer moins en toy ;
Puiſque le deſeſpoir, ſuyuant les cœurs ſans foy,
C'eſt le peché qui ſeul tous les autres ſurmonte.

SVR CES LARMES DE SAINCT PIERRE.

Et egressus foras Petrus fleuit amaré.
LVC. CAP. XXII.

PVIS que sainct Pierre atteint d'vn regret ennuyeux
Ne versoit en pleurant que ruisseaux d'amertume,
Comment fais-tu couler doucement de ta plume
Ces larmes qui couloient amerement des yeux?

Quel art peut ensucrer d'vn goust si gracieux
Ces eaux en qui la Foy mieux qu'au feu se rallume,
Non plus eaux mais nectar à celuy qui les hume
Par l'aureille beuuant les delices des cieux?

Comme les flots marins eschangez en fonteines
S'addoucissent coulans par de segrettes veines,
Ta veine donne aussi la douceur à ces pleurs:

Si l'absynthe en nectar se change par ton style,
Hà quel suc ambrosin de tes léures distille
Quand tu veux sauourer les plus mignardes fleurs?

I. D. N.

LES

LES LARMES DE SAINCT PIERRE, OV LE MIROIR DE PENITENCE.

I.

CE Pierre courageux loin du peril des armes,
Qui iurant promettoit qu'entre mille gendarmes
Fidele à son cher Maistre, il mourroit pres de luy:
Voyant, lasche au besoin, manquer sa foy promise,
Il n'eut moins de remors de son erreur commise,
Que de compaßion des souffrances d'autruy.

II.

Le remors continu n'est pas seul qui l'outrage,
La crainte auec la honte aßiegent son courage,
Et quelque part qu'il tourne accompagnent ses pas:
La honte ainsi qu'vn feu luy sortant de la face,
Et la crainte au dedans comme vne froide glace,
En vn moment luy font sentir double trespas.

III.

Son Maistre incontinent d'vne œillade eslancee
Penetra iusqu'au fond sa dolente pensee,
Luy donnant vn signal de luy seul entendu :
Ses yeux furent les arcs, & ses regards les fleches,
Qui contre luy tirans perçoient de maintes breches
Le rempart de son cœur si laschement rendu.

IIII.

Ces regards iusqu'au cœur seulement ne passerẽt,
Mais entrez plus auant son ame ils trauerserent,
Et leurs traits aiguisez de trenchantes douleurs
L'entamerent au vif d'vne attainte profonde :
Qui força ce pecheur, pendant qu'il fut au monde,
De refraischir sa playe auec l'eau de ses pleurs.

V.

Vn valet du Pontife, vne femme insolente,
Et des Iuifs assemblez la troupe violente
L'auoient fait par trois fois son Maistre renoncer :
Lors que l'Oiseau cresté d'vn accent effroyable,
Comme en luy reprochant son peché larmoyable,
Pour la troisieme fois vint l'Aurore annoncer.

VI.

Le Coq n'eut pas si tost la lumiere appellee,
Que Pierre apperceuant sa faute reuelee,
Des propos de son Maistre en tremblant se souuint,
De soy mieux qu'autresfois ayãt lors cognoissance,
Quand son œil rencontré, lors que moins il y pense,
Des soleils de son Dieu tout esblouy deuint.

VII.

Quelle fut la frayeur, la pensee & le geste
De Pierre conuaincu par le regard celeste,
Qui vint à l'impourueu dans ses yeux s'eslancer,
De le representer nul ne peut l'entreprendre :
Mais qui facilement le pourroit faire entendre,
Veu qu'il n'est seulement facile à le penser?

VIII.

Ce bon Seigneur laissé par l'infidele suite
De ses amis espars d'vne soudaine fuite,
Et d'ennemis cruels de tous costez enceint,
Sembloit faire en son cœur ceste plainte equitable :
Voila, ce que i'ay dict n'est que trop veritable,
Ingrat & faux disciple, amy muable & feint.

IX.

Dans vn miroir luisant de crystaline glace
Les traits plus delicats de quelque belle face
Ne se veirent iamais si clairement monstrez,
Comme au premier regard ce pecheur miserable
Apperceut effroyé son offense execrable
Dans les yeux de son Dieu par les siens rencontrez.

X.

Vn qui sans interualle ouuriroit ses oreilles
Ne sçauroit en mille ans ouyr tant de merueilles,
Que l'Apostre en apprit d'vn regard seulement :
Ce regard d'vne sorte aux hommes incognue
Vint deliurer son ame en prison detenue,
Et luy feit tout à clair voir son aueuglement.

XI.

Ainsi souuentesfois (bien qu'aux choses sacrees
Les profanes iamais ne soient bien comparees)
Nous voyons qu'au besoin l'amant ingenieux
Par vn regard subtil qu'à l'emblee il eslance
D'vne muette voix fait parler son silence,
Et au lieu de sa bouche il se sert de ses yeux.

XII.

Chacun regard de Christ semble vne lãgue prõte
Qui parle à ce pecheur, de qui l'œil plein de honte
Semble vne oreille ouuerte à la voix qu'il entend
Des yeux de son Seigneur, qui en secret le tance,
Faisant à la mesme heure entrer la repentance
Dedans son cœur troublé, qui tout en pleurs s'espãd.

XIII.

Tes yeux (sembloit-il dire) en cruauté surpassent
Les sãguinaires mains de ceux qui me pourchassẽt,
Pour en fin sur la Croix sans pitié m'attacher:
Et le coup qu'en iurant ta desloyale bouche
A contre moy lasché, plus asprement me touche
Que les coups que ie sens sur mon corps desłacher.

XIIII.

De tant d'hommes diuers dont i'auoy faict eslite,
Et qu'au nombre des miens ie mettoy sans merite,
Il ne s'en trouue vn seul qui m'ait gardé la foy:
Mais toy que ie tenoys pour mon plus cher Apostre,
Comme ie fus de toy plus soigneux que d'vn autre,
Tu deuois plus qu'vn autre auoir soucy de moy.

XV.

Tes cõpagnõs craintifs n'ont riẽ fait qui me fasche
Que d'auoir pris la fuite, & toy perfide & lasche
Tu m'as desaduoué pour la troisiesme fois:
Et qui pis est, tu suis ces troupes inhumaines,
Et tes coupables yeux, en regardant mes peines,
Monstrent que de mon mal quelque bien tu reçois.

XVI.

Qui pourroit vne à vne entierement redire
Les paroles de Christ pleines d'amour & d'ire,
Que l'Apostre infidele en son erreur surpris
Des regards de son Dieu s'imaginoit entendre;
Il n'est cœur si serré qu'elles ne fissent fendre,
Ny courage si froid qui n'en deuint épris.

XVII.

Mais si le plus souuent d'vne œillade mortelle
Les rayons eslancez sont de puissance telle,
Qu'ils peuuent tout à coup les esprits esmouuoir,
Et des plus indontez assuiettir les ames,
Quelle efficace auoient ces deux diuines flames
Dessus les sens humains sujets à leur pouuoir?

XVIII.

Comme au fort de l'hyuer, quand la Bise orageuse
Souffle sur le sommet d'vne masse neigeuse,
La neige s'endurcit par le froid violant:
Puis si tost qu'au retour de la saison nouuelle
Le Soleil l'eschaufant vient rayonner sur elle,
Ceste glace en ruisseaux se va toute escoulant.

XIX.

Ainsi la froide peur, comme vn venteux orage,
De l'Apostre esperdu vint glacer le courage,
Quand il se parjura craignant les Iuifs armez:
Mais des Soleils de Christ l'esblouissante flame,
Si tost qu'il eut peché, luy vint reschaufer l'ame,
Fondant sa peur glacee en des pleurs enflammez.

XX.

Les eaux qui de ses yeux deriuerent leur source,
N'estoiẽt de ces ruisseaux perdãs leur foible course
Si tost que du Soleil ils sentent la chaleur:
Car bien qu'il eust des Cieux la grace recouuree,
Sa conscience au vif de desplaisir nauree
S'imagina tousiours le temps de son malheur.

XXI.

La nuict depuis ce temps n'est iamais suruenue
Que son ame à l'instant ne se soit souuenue
De ceste horrible nuict, qui causa tous ses maux:
Et au chant de l'Oiseau, tesmoin de son offense,
En sursaut s'esueillant il faisoit penitence,
Et pour sõ vieil peché versoit des pleurs nouueaux.

XXII.

Sa face vn peu deuant par vne horrible crainte
De mortelle couleur paroissoit toute teinte,
Et son sang pres du cœur s'estant tout retiré,
Du reste de son corps feit refroidir la masse:
Mais le froid prit la fuite, & la flãme eut sa place,
Si tost qu'il fut des yeux de son Maistre esclairé.

XXIII.

Comme il eut repaßé dans sa triste memoire
Les regrettables iours de la premiere gloire,
Dont auant ceste offense heureux il iouissoit,
Ressentant son remors s'accroistre en vehemence,
Il ne sceut plus long temps supporter la presence
De son Maistre irrité, qui tant le cherissoit.

XXIIII.

Le desir curieux d'apprendre & de cognoistre
Le dernier iugement des Iuifs enuers son Maistre,
Ne le feit en ce lieu plus long temps demeurer;
Mais pensant euiter sa peine ineuitable,
Il quitta prontement ce sejour detestable,
Et s'en alla dehors amerement pleurer.

XXV.

Comme il se voit sorty, ce que plus il pourchasse,
C'est de trouuer quelcun qui ressentir luy face
De son iniuste offense vn iuste chastiment:
L'horreur de la nuict sombre horrible ne luy sẽble,
Et n'estoit son peché, par qui son esprit tremble,
Du moindre effroy du monde il n'auroit sentimẽt.

XXVI.

Saisi de ceste crainte il lascha toute bride
Aux regrets furieux qui luy seruoient de guide,
Le pourmenant par tout sans luy donner arrest:
De ses cris esclatans mugissoient les tenebres,
Et poussoit dedans l'air mille plaintes funebres,
Semblable au patient de mourir desia prest.

XXVII.

Sa vie auparauant aimee outre mesure,
Qui par sa couardise & son serment pariure
Le pensa faire perdre en la pensant garder:
C'est celle qu'à present comme vne horrible peste
Touché de repentance il abhorre & deteste,
Et ne veut son depart d'vn seul moment tarder.

XXVIII.

Arriere (disoit-il) meschante vie arriere,
Vie helas de mon ame outrageuse meurtriere,
Va t'en trouuer quelcun qui t'aime plus que moy:
Iamais plus ie ne veux pour compagne te suiure.
Las! si ie n'eusse esté trop desireux de viure,
Ie fusse mort plustost que de manquer de foy.

XXIX.

Arriere, vie, arriere, aussi bien n'ay-ie enuie
Qu'à la desloyauté ta douceur me conuie;
Ie suis las de te suiure, & ne veux nullement
Allonger desormais ta perissable trame,
Et en te prolongeant faire mourir mon ame,
Qui nasquit pour là haut viure eternellement.

XXX.

O vie à tous momens incertaine & fragile,
Qu'vne certaine mort poursuit d'vne aile agile,
Ie ne puis plus souffrir les maux que tu me fais:
C'est toy qui pour me faire euiter sur la terre
Le peu durable assaut d'vne soudaine guerre,
M'as priué dans les Cieux de l'eternelle paix.

XXXI.

Celuy qui veut le plus iouyr de ta presence,
C'est celuy qui le moins a de toy iouyssance,
Te perdant aussi tost qu'il te veut conseruer:
Et quand quelcun se plaint de ta longue demeure,
Le suiuant malgré luy, tu gardes qu'il ne meure,
Et sans cesse aux ennuys tu le veux reseruer.

XXXII.

O qu'on en voit d'heureux en leur ieunesse tẽdre,
Qui se mẽt leurs ennuys par ta longueur s'estendre!
Que si la mort les eust enleuez prontement,
Ils auroient plus contens la terre abandonnee:
Puis qu'on voit toute chose à mourir condamnee,
Et que l'heur des humains se passe en vn moment.

XXXIII.

C'est pourquoy ie me plains de toy, vie importune,
Qui te plais à me suiure en ma dure infortune,
Pour rengreger sans fin les douleurs que ie sens:
Ie n'eusse en reniant ma promesse faulsee,
Si la peur, qui pour toy vint saisir ma pensee,
N'eust troublé ma memoire & refroidy mes sens.

XXXIIII.

Ie deuoy pour mon bien garder la souuenance,
D'auoir veu tant de fois d'vne pronte ordonnance
Aux perclus, aux muets, aux aueugles, aux sours,
Rendre le mouuement, la voix, les yeux, l'oreille,
Et, ce qui plus combloit les enfers de merueille,
Les sombres nuicts des morts changer en nouueaux
iours.

XXXV.

Ces faits miraculeux qui par visible preuue
Mõstroiẽt qu'en leur ouurier le vray salut se treuue,
En l'assaut de la peur me deuoient secourir:
Mais sorty hors du sens & priué de moymesme,
Et recherchant de l'aide en vn peril extréme,
Ie reniay la Vie ayant peur de mourir.

XXXVI.

Donques de trop de crainte ayant l'ame saisie
I'ay renié celuy, qui seul estoit la Vie,
Par qui toute autre vie aux viuans se depart;
Vie exempte d'ennuis, d'esperance & de crainte,
Où la lumiere luit, & n'est non plus esteinte
Que l'eternel Soleil, qui iamais n'en depart.

XXXVII.

C'est à tort que de viure à present ie m'essaye,
Puis que i'ay renié la Vie vnique & vraye,
L'ombre fallacieuse au monde en vain me suit:
Adieu donc, faulse vie, aux vanitez sujette,
Va t'en, va loin de moy, ie te quitte & rejette,
Le plus clair de tes iours m'est vne obscure nuict.

XXXVIII.

O qu'vn bonheur propice accõpagnoit l'enfance
De ces ieunes Martyrs, qui sans commettre offense
Sur le poinct qu'ils naissoient furẽt meurtris à tort,
Quand le tyran des Iuifs comblé de rage extréme
Exercea ses rigueurs contre sa race mesme,
Et pour vn seul occire en feit tant mettre à mort!

XXXIX.

Le Ciel qui les aimoit leur fut si fauorable,
Que de fraude & de mal leur enfance incapable
Mourut auparauant que de pouuoir pecher:
Le ailes des Zephirs de jambes leur seruirent,
Et comme fleurs au Ciel transplantez ils se veirent,
Auant que sur la terre vn vent les vint secher.

XL.

La vie autant me nuit que la mort leur profite;
Ils n'ont d'vne parole à leur âge interdite,
Comme moy, renié le vray Dieu pour la Croix:
Et ne pouuans, muets, leur penser faire entendre,
Ils laisserent au glaiue ouurir leur gorge tendre,
Et donnerent à Dieu du sang au lieu de voix.

XLI.

C'est vraymẽt, c'est leur mort qui fair que la cou-(ronne
Plus tost que les cheueux leurs testes enuironne,
Leur donnant le beau nom de Martyrs glorieux.
O rare & digne sort! dans la voûte estoilee
Sans cheminer sur terre ils prennent leur volee,
Et sans sçauoir combatre ils sont victorieux.

XLII.

Qui pourroit faire entendre auec quelle allegresse
Quel fauorable accueil, quelle douce caresse
On veit dedans les Cieux ces Angelets monter!
Ils furent appellez pour repeupler la place
Des Anges tresbuchez par leur maudite audace,
Qui les feit contre Dieu fierement reuolter.

XLIII.

Que de gayes clameurs, de voix applaudissantes,
Lors que dedans les Cieux en robes blanchissantes
Bande à bande arriuoient ces nouuelets guerriers.
Aux Martyrs par leur sang ils seruirent d'escorte,
Et plantans leurs lauriers sur l'eternelle porte,
Au triomphe de Christ coururent les premiers.

XLIIII.

O dignité supréme! ô faueur sans seconde!
Le Createur du ciel, de la terre & de l'onde
Aux hommes incognu, venant vaincre celuy
Qui des ames larron, les trainoit sous la terre,
Ces tendres champions commencerent la guerre,
Et sans Christ recognoistre ils vindrent auec luy.

XLV.

Meres de ces enfans, que vous fustes heureuses
Les voyant de vos seins & de vos mains peureuses
Comme oisillons du nid à coups d'ongle arrachez,
Leurs drapeaux enfantins de couleur rouge teindre:
De leur cruelle mort vous ne deuez vous plaindre,
C'est moy qui doy pleurer ma vie & mes pechez.

XLVI.

Si vous sçauiez quels fruicts croissent de la rosee,
Dont ce sang innocent rend la terre arrosee,
Sang qui sera sans fin reserué dans les Cieux:
De leur soudain trespas vous seriez consolees,
Pensans que vous serez auec gloire appellees
Tiges de ces surgeons si beaux & precieux.

XLVII.

Mais helas! quant à moy ie n'ay meilleur remede
En l'accez violent du dueil qui me possede,
Fors de gemir sans cesse & tant & tant pleurer
Que le sang de mon cœur par mes larmes s'espuise,
Puis qu'il ne m'est permis que ma prison ie brise,
Et qu'il me faut en fin ma fureur temperer.

XLVIII.

Mais sãs qu'il soit besoin que mon corps s'endom- (mage
Par l'effort d'vn venim, d'vn glaive ou d'vn corda-
Remedes coustumiers aux cœurs saisis de dueil, (ge,
Las! si i'estoys au moins tant soit peu magnanime,
L'excessiue douleur de mon desloyal crime
Deust-elle pas suffire à me mettre au cercueil?

XLIX.

O mon ame trop lasche & du tout insensible!
Ame en roc endurcie, hé comme est-il possible
De t'esmouuoir si peu pour de si grands pechez?
Pour rendre à leur excés tes regrets comparables,
Va t'en de toutes parts de tous les miserables
Emprunter les ennuis apparents & cachez.

L.

Quand toutes ces douleurs en vn tas ramassées
Dans ton sein regorgeant auront esté versees,
Fay que de ton erreur le poignant repentir
Dedans toy promtement la penitence excite,
Et lors que tu pechas, si ta foy fut petite,
Que ton peché te face vn grand dueil ressentir.

LI.

Mais cõment trouueray-ie vne peine en ce mõde
Qui à mon crime horrible en cruauté responde?
Il faut que mon supplice aux enfers soit cherché:
Encor les cruautez des gesnes infernales
Au mal que i'ay commis ne peuuent estre egales,
Prenant garde à celuy contre qui i'ay peché.

LII.

Ainsi baissant la teste, outré d'vn dueil extréme
Ce pecheur repentant se condamne soymesme,
Et suiuant son chemin sans nullement le voir,
Il bronche, il tourne, il erre où sa douleur le guide,
Son œil noyé de pleurs ne luy sert plus de guide,
Et de ses yeux esteints ses pieds font le deuoir.

LIII.

En fin cõme à tastons il marche & se pourmeine,
Soit que Dieu le permette, ou que le sort le meine,
Il se trouue arriué contre l'huis du verger,
D'où le soir il sortit enflé de vaine audace,
Les pas de son Seigneur suiuant d'vn long espace,
Et desia de la mort redoutant le danger.

LIIII.

Comme vn pere dolent au retour lamentable
Du conuoy de son fils vnique & regretable,
Qu'en souspirant il laisse au sepulchre enserré,
Tout esblouy des pleurs degouttans sur sa face,
Errant, sans y penser, se retrouue en la place,
Où passant le iour mesme il le veit enferré.

LV.

Du sang tout fraix versé la terre rougissante
Vient toucher par ses yeux son ame languissante,
L'arreste sur la place, & demy mort le rend :
Adonc plus que deuant resonne en l'air sa plainte;
En fremissante horreur il sent tourner sa crainte,
Et plus que le premier son second dueil est grand.

LVI.

Ce bon Disciple ainsi (dont l'ame seule assemble
Plus d'amour que n'en ont tous les peres ensemble)
Alors qu'à l'impourueüe il se voit reporté
Au lieu mesme où les Iuifs sõ Seigneur luy volerẽt,
D'vn cours plus vehement ses larmes ruisselerent,
Et sentit de beaucoup son regret augmenté.

LVII.

Mais si tost que ses pas sur la terre il descouure,
C'est lors qu'entieremẽt sõ ame aux regrets s'ouure,
Il se grossit le chef de torrens furieux,
Ses cris plus que iamais hautement retentissent,
En chauds bouillõs de sãg ses pleurs se cõuertissent,
Et se plaint de n'auoir pour pleurer que deux yeux.

LVIII.

Comme s'il eust perdu de ses jambes l'vsage
Il se laisse tomber prosternant son visage,
Que morne & vergõgneux de ses mains il cachoit;
Ses pleurs n'õt point de cesse, et leur source eternelle
Humecte abondamment la trace heureuse & belle,
Que son Maistre imprima lors qu'en terre il marchoit.

LIX.

De tant & tant de pas confus parmy la place,
Par longue accoustumance il discerne la trace
De ceux de son Seigneur, qu'il va seuls adorant:
Mais sans l'vsage encore il pouuoit recognoistre
Entre celuy des Iuifs le chemin de son Maistre,
Car l'vn estoit infect, l'autre bien odorant.

LX.

Si depuis mon peché tant de grace il me reste,
Que ie merite en terre, ô Monarque celeste,
Toucher (dit-il pleurant) tes pas si bien formez:
Puis qu'indigne ie suis de voir ta face claire,
Si i'ay pu quelquesfois par mon amour te plaire,
Seigneur, fay moy mourir sur tes pas bien aimez.

LXI.

Vestiges, qui rendez vne odeur delectable,
Marques de ces pieds saints, dont le faix agreable
Aux estoilles du Ciel s'est faict sentir souuent,
Côme en terre auiourd'huy craintif ie vous adore:
Ie vous veis autresfois (ce qui m'estonne encore)
Cheminer sur les flots & maistriser le vent.

LXII.

Ce fut lors que suiuāt vos traces pour mes guides
Ie sentis affermir sous moy les champs liquides,
Dont mes sens tout à coup deuindrent effroyez:
Ceste faueur deuoit m'obliger dauantage,
Voyant que vostre appuy m'auoit donné passage
Par des lieux où la mer les autres eust noyez.

Qui

LXIII.

Qui peut voir d'vn œil sec que nostre ingrate bâ-
Vn si pauure salaire en tel besoin vous rende ? (de
De douze hômes choisis pour viure aupres de vous,
Dix de crainte esperdus ne vous ont osé suiure ;
Vn par sō baiser traistre aux Iuifs vo⁹ vēd et liure,
L'autre ingrat vous renie & peche plus que tous.

LXIIII.

Il n'est si foible enfant qui se voyant descendre
Sur la teste vn couteau ne vienne à se defendre,
Et au deuant du chef ses deux mains auancer :
Vous estiez, ô Seigneur, le chef de vos Apostres,
Et quand vous fustes pris, ainsi que mēbres vostres
Deuions vos ennemis fermement repousser.

LXV.

Durāt qu'il parle ainsi, la nuict obscure et sombre
Et propre aux malfaicteurs, diminuant son ombre
Cedoit sa place au iour, que l'Aurore allumoit,
Et de sa main senestre espanchoit vne Buye
Pleine de pleurs amers & d'angoisseuse pluye,
Et maint nuage espais son visage enfumoit.

LXVI.

Le Soleil marche apres, cōme vn qui par cōtrainte
Se sent trainer au lieu qu'il n'ose voir sans crainte,
Et d'autant qu'autresfois il piquoit ses cheuaux,
Leur retenant la bride il rend leur course lente,
Et semble, à qui le voit, qu'il se fasche & repente
D'estre ce iour piteux sorty du sein des eaux.

LXVII.

D'vn crespe nuageux sa face estoit cachee,
Sa couronne ce iour ne fut point attachee
Sur son chef, qu'il tenoit vers sa couche tourné,
Pour monstrer sa tristesse, & tesmoigner au monde
Qu'il ne daignoit parer de rais sa tresse blonde,
Voyant son Createur d'espines couronné.

LXVIII.

Le Ciel noirci d'orage à peine estoit visible,
L'air ennuyeux et trouble aux yeux estoit nuisible,
L'astre au teint argenté sanglantoit sa couleur:
Les oyseaux, qui souloient chanter la matinee,
Prisonniers dans leurs nids durant ceste iournee
Demeurerent muets de crainte & de douleur.

LXIX.

Au lieu du gay babil de ces volages chantres,
On n'entēd que les loups hurlās aux creux des an-
Et le cry menaçant des oyseaux de la mort: (tres,
La terre au mesme instant iusqu'au centre esbranlee
Tremble et fremit d'horreur, la marine est troublee,
Et lamente son Dieu qu'on fait mourir à tort.

LXX.

L'Apostre au poinct du iour, hōteux, cōfus et blē-
Ressentit son remors deuenir plus extréme, (mé,
Tout ce qu'il voit l'estōne, il craint ses propres yeux.
Aussi, sās l'œil d'autruy, ceux de qui l'ame est haute
D'eux-mesmes condamnez rougissent de leur faute,
Quand mesme ils ne verroient que la terre & les cieux.

STANSES SPIRITVELLES SVR LA PASSION.

I.

ON Ame, qui te tient que tu ne vas defendre
Ton Eſpoux, que les Iuifs attachent ſur la Croix ?
Fẽs toy, mon Cœur, et trẽble auiourdhuy que tu vois
Trembler toute la terre, & les pierres ſe fendre.

II.

Mon Ame, hé n'es-tu point de douleur plus frapee
Voyant ton Createur mourir pour ton peché ?
Ay-ie le cœur ſi dur de voir d'vn œil ſeché
La face de mon Dieu de ſang toute trempee ?

III.

De tes maux rigoureux ie ſuis la ſeule cauſe,
Seigneur, le coup mortel t'eſt donné de ma main !
T'ayant donques tué, ſuis-ie tant inhumain
Que de ton corps ſanglant encore approcher i'auſe ?

IIII.

On dit que le meurtrier par ſa ſeule preſence
Fait recouler le ſang qui s'eſtoit eſtanché,
Et que du corps meurtry de l'eſpee approché
La playe ouuerte ſaigne, & crie au Ciel vengeance.

V.

Pourroy-ie point aussi plus asprement te poindre
M'approchãt de ton corps, que mon peché meurtrit?
Las nenny! car mon cœur repentant & contrit
De pleurs au lieu d'onguẽs vlẽt tes blessures oindre.

VI.

Par ta mort, ô Seigneur, demy morte est mon ame,
I'ay le cœur tout froissé, le corps foible & tremblãt,
Les douleurs de tes maux võt les miẽs redoublant,
Et le seul souuenir de tes playes m'entame.

VII.

Seigneur, que fais-tu tant sur la Croix rigoureuse!
I'ay pitié de te voir tant de maux supporter:
Haste-toy de descendre, & vien reconforter
Mon ame en te voyant dolente & langoureuse.

VIII.

O amour de mon Dieu enuers moy trop extréme,
Las! c'est toy qui luy fais pour moy souffrir la mort:
Laisse, laisse le viure, & sans qu'il meure à tort,
Pour luy tresiustement fay moy mourir moymesme.

IX.

Amour desmesuré, dont la force excessiue
Iusqu'au cœur de mon Dieu fait ses coups penetrer,
Dedans mon cœur nauré fay ses playes entrer,
A fin qu'en moy ie meure, et qu'en mõ Dieu ie viue.

X.

Mais, ô mon Dieu, vers toy ie ne me puis cõduire,
Si ta grace imploree à mon secours ne vient,

Laisse donques, Seigneur, le clou qui te retient,
Et que ta main par force à toy mon cœur attire.

XI.

Il y a si long temps que ta Loy me commande
De te donner mon cœur; pour accomplir ta loy,
Pren mon cœur, ie te l'offre, il n'est voué qu'à toy,
O Dieu, ie ne te puis donner plus riche offrande.

XII.

O mon cœur bien heureux d'auoir chãgé de maistre,
Ton Sauueur, qui pour sien daigne te retenir,
Te fait de perissable immortel deuenir,
Et sa mort salutaire en luy te fait renaistre.

XIII.

O mon Dieu qu'enuers moy ta grace est liberale!
T'ayant donné mon cœur i'ay receu ton amour:
Ie l'auoüe, ô mon Dieu, ie te doy de retour,
Et ton present est seul qui son merite egale.

XIIII.

Encor m'as-tu donné le cœur que ie te donne,
Et te donnant mon cœur, ce que ie t'offre est rien:
Quel present te feray-ie? ô Seigneur, ie n'ay rien,
Si tu n'es satisfaict de ma volonté bonne.

XV.

Plus ie te veux aimer, moins puissant ie me treuue,
O mon Dieu, d'estre au vif de ton amour époint:
Mais l'extréme douleur que i'ay de n'aimer point,
De mon extréme amour te donne assez de preuue.

Sur le mesme sujet,

I.

CEluy qui fait le tour des Cieux mouuoir,
Percé de cloux, desnué de pouuoir,
Voit sur la Croix son corps pendre immobile :
Celuy qui fait les humains reposer
Ne trouuant rien pour sa teste poser,
La laisse choir languissante & debile.

II.

Ce Roy qui peut les Royaumes donner
Se sent le chef d'espines couronner,
Signe apparent de son Regne celeste :
Sa Chair sans tache est pendue au milieu
De deux brigands, dont l'vn comme vray Dieu
L'inuoque & prie, & l'autre le deteste.

III.

Celuy qui fit sourdre l'eau d'vn rocher
N'a pas de l'eau pour sa soif estancher,
Et parfaisant de sa mort le mystere
Il dit tout haut, J'AY SOIF : mais ce n'est point
Le sentiment de la soif qui le poingt,
C'est le salut des hommes qui l'altere.

IIII.

Ies Iuifs voulans son angoisse augmenter,
Vinaigre & fiel luy vindrent presenter.
Fut-il iamais vne rigueur si grande ?
Le Riche ingrat traicté plus doucement
Ne sentit point rengreger son tourment,
Et veit sans plus reietter sa demande.

V.

Ayant gousté ceste amere liqueur,
Et se sentant piqué iusques au cœur
Nostre Sauueur mourut baissant la face :
Le chef en terre il voulut abbaisser
Pour dans les Cieux par sa mort nous hausser,
Et nous offrir le sainct baiser de grace.

VI.

Lors d'vne lance, outil de cruauté,
Vn des soldats luy perça le costé :
O main barbare ! ô malheureuse lance !
Mais ce ne fut la lance, ny la main,
Ce fut l'amour qu'il porte au genre humain,
Qui fit couler le sang en abondance.

VII.

Par ce pur Sang nos crimes sont lauez,
Par ce pur Sang les pecheurs sont sauuez ;
Et tous Chrestiens, qui sur le front emprainte
De ce beau Sang la marque porteront,
Iamais l'Enfer ils ne redouteront ;
Et en tous lieux chemineront sans crainte.

VIII.

Ainsi du temps que tous les premiers-nez
Estoient à mort iustement condamnez,
Lors que du Ciel l'Egypte fut frappee,
DIEV par le sang sa cholere appaisoit,
Et loin des lieux que le sang arrosoit
Le bras de l'Ange escartoit son espee.

IX.

Si nous voulons du vice estre vainqueurs,
De ce beau Sang portons la marque aux cueurs,
Ne permettans que iamais elle en sorte,
Puis que par luy nous sommes rachetez;
Et par les maux que CHRIST a supportez
Recognoissons quelle amour il nous porte.

X.

Ne perdons point le temps que nous auons
Hommes mortels, qui pour vray ne sçauons
Quelle sera de nos iours la duree,
Si nostre soir son matin trouuera,
Si nostre Aurore au vespre arriuera,
N'estant la vie en nul temps asseuree.

XI.

Donques au soir, au vespre & au matin
De nostre vie apprehendons la fin,
Et d'vne veüe à tout vain objet close
Considerons la Passion de CHRIST,
Que nostre cœur, nostre voix, nostre esprit
N'aime, ne loue, & ne pense autre chose.

XII.

Sans nous laisser follement deceuoir
Aux longs delays d'vn dangereux espoir,
Ne differons ce qui nous est poßible:
Pensons, craintifs, qu'au temps de nostre mort,
De nos tourmens le trop sensible effort
A ceux de CHRIST *nous rend l'ame insensible.*

XIII.

Toy qui voulus à la mort te liurer,
Pour de la mort nos ames deliurer,
Fay que sentans de ta mort l'efficace
Plus sainctement desormais nous viuions;
Et que pouuans sur terre obtenir grace,
Dedans le Ciel mourans nous te suiuions.

Stanses sur le mesme sujet.

I.

LA vie au genre humain auoit esté rauie
Par l'arbre, où l'homme prit le doux fruict defendu:
Et CHRIST *nostre Sauueur dessus l'arbre estendu*
Aux humains, en mourant, fait recouurer la vie.

II.

Cest ores que la Mort par sa propre cautelle
S'est deceüe elle mesme, & semblable au poisson,
Qui meurt engloutissant l'appast de l'hameçon,
Elle trouue sa mort en sa proye immortelle.

III.

L'enfer naguere ouuert ferme auiourdhuy son gouffre,
Les Cieux nagueres clos sont ouuerts auiourdhuy,
La mer, la terre et l'air touchez d'vn mesme ennuy
Plaignent leur Createur, qui pour les hõmes souffre.

IIII.

O signes d'vne amour infiniment extréme!
Il sent de clous aigus ses membres penetrer,
Et voulant dans le Ciel nostre grace impetrer,
Dessus la croix en terre il s'immole soymesme.

V.

Lors par soudain miracle vne source d'eau pure
De son flanc precieux d'vne lance percé
S'escoule auec le sang de sa playe versé,
Et laue abondamment de nos crimes l'ordure.

VI.

Toy qui voulus mourant nous deliurer du crime,
Qui nous faisoit mourir dés la natiuité,
Excuse les defauts de nostre humanité,
Ta croix soit nostre autel, & toy nostre Victime.

VII.

Que ces cloux rigoureux, dõt ta chair fut percee,
Nous viennent de pitié naurer iusques au sang,

Que ce fer outrageux, qui vint t'ouurir le flanc,
Nous ouure pour te voir les yeux de la pensee.

VIII.

Que ta soif aduenue auant ta mort prochaine
De ton ardante amour nous altere le cœur,
Que le peché nous soit la fielleuse liqueur,
Et le vin enaigry, dont l'esponge estoit pleine.

IX.

Donne nous auiourdhuy ce doux baiser de grace
Qu'en inclinant la teste il te plaist nous offrir;
Ayant souffert pour nous, fay nous pour toy souffrir,
Et que ta mort en toy viure & mourir nous face.

PARAPHRASE SVR L'HYMNE DE LA RESVRRECTION.

I.

DV iour esleu de DIEV la belle Aurore luit,
D'Angeliques chansons le Ciel resonne & bruit,
En grand' deuotion toute la Terre prie,
Et de l'Enfer troublé la gueule ouuerte crie.

II.

CHRIST se ressuscitant est du tombeau sorty
Pour rendre de la Mort le pouuoir amorty;
Aux pecheurs languissans il donne deliurance,
Et donte sous ses pieds l'infernale puissance.

III.

Son Corps, que palle et froid la pierre auoit couuert,
Laissé victorieux le monument ouuert;
Et ceux qui le gardoiẽt, au poinct qu'il ressuscite,
Trebuchent accablez d'vne crainte subite.

IIII.

Apres qu'il eut mis cesse aux regrets gemissans,
Et vaincu de Satan les assaults impuissans,
L'Ange, dont le regard comme esclair estincelle,
Du Seigneur reuiuant vint porter la nouuelle.

V.

Les Apostres pleuroyent, tristes & langoureux,
La mort de leur Seigneur, que des serfs rigoureux
Exerceans contre luy leur damnable iniustice
Auoyent faict de la Croix endurer le supplice.

VI.

Mais pour les consoler de leur triste soucy
Le Messager celeste aux femmes parle ainsi,
Allez soudainement voir CHRIST en Galilee,
Que sa gloire par vous soit aux siens reuelee.

VII.

Comme en haste elles vont la nouuelle porter,
Il vint deuant leurs yeux son corps representer,
Lors ces femmes viuant ioyeuses l'aduiserent,
Et par deuote amour ses pieds elles baiserent.

VIII.

Les Disciples ayans leur message entendu,
Chacun au mesme lieu s'est à l'instant rendu,
Pour voir de leur Seigneur la face desiree,
Qui s'estoit pour vn temps d'auec eux retiree.

IX.

Le Soleil se monstra plus luisant & plus beau,
Lorsque de IESVS CHRIST releué du tombeau
Les Apostres rauis la nouuelle receurent,
Et que des yeux du corps leur Maistre ils apperceurent.

X.

Les playes de son flanc, de ses pieds, de ses mains,
De CHRIST ressuscité sont les signes certains,
Qui d'vne voix publique en tous lieux dispersee
D'vn miracle si grand la gloire ont annoncee.

XI.

O CHRIST, Roy tres-clement, vien posseder nos cueurs,
Et fay que de la mort triomphãs & vaincueurs,
Ressuscitez vn iour par ta toute puissance
Du bon-heur eternel nous ayons iouyssance.

PARAPHRASE SVR L'HYMNE DE L'ASCENSION.

I.

ETERNEL, *Roy tres-haut, Redempteur des fidelles,*
Qui pour iustifier nos ames criminelles
Mourus innocemment, & ton iniuste mort
Feit que la mort contre elle employa son effort.

II.

Ceste mortelle chair, que pour nous tu as prise,
A la dextre du Pere est sur vn throsne assise,
Et reçoit dans les Cieux le souuerain pouuoir,
Que viuant icy bas tu ne pouuois auoir.

III.

Du Monde vniuersel la triple architecture,
Les Cieux, l'Enfer, la Terre & toute la Nature
Sujects de ta grandeur d'vn genouil flechissant
Annoncent à l'enuy ton Regne tout-puissant.

IIII.

Les Anges estonnez au regard de ta face
De nostre humanité vont admirant la grace,

La chair a purgé ceux que la chair fit pecher,
Et la chair du grand Dieu regne sur toute chair.

V.

O CHRIST *des bienheureux l'inenarrable ioye,*
De ceux qui võt au Ciel la droicte et seure voye,
Homme-Dieu gouuernãt les hõmes sous ta main,
Dégouste nos desirs de tout plaisir humain.

VI.

Seigneur, nous te prions de ce mõde où nous sõmes
Que ton humanité soit fauorable aux hommes;
Donne que dans les Cieux, où seul tu es monté,
Chaud de zele et d'amour nostre cueur soit porté.

VII.

Afin, Seigneur, qu'au iour de ton autre venue,
Quand iuge tu viendras en l'esclairante nue,
Tu nous deliures tous du mal qui nous est deu,
Nous faisant recouurer le bien qu'auons perdu.

VIII,

CHRIST, *par dessus les Cieux esleuant ta victoire,*
Soit rendue à ton Pere & à toy toute gloire,
Louange au Sainct Esprit, de toute eternité
Regnant auec vous deux en vne Deïté.

PARAPHRASE SVR L'HYMNE DE LA PENTECOSTE.

I.

O Sainct ESPRIT de DIEV Createur des humains,
Vien dans l'esprit des tiens desormais prendre place,
Et fay couler d'enhaut ta liberale grace,
Pour en combler nos cœurs façonnez de tes mains.

II.

ESPRIT sainct, dõ de Dieu, soulas des affligez,
Eau viue, feu d'amour, qui sans consommer l'ame
L'eschauffes doucement d'vne inuisible flamme,
Oincture des esprits par ta grace allegez.

III.

L'effet de tes presens se diuise en sept parts,
Tu es le Doigt puissant de la Dextre diuine,
La Promesse du Pere, inspirant la poictrine,
Des tiens, à qui les dons des langues tu départs.

IIII.

Vueille esclairer nos sens aueugles deuenus,
L'huile de ton amour dedans nos cœurs distille,
Fay que nos corps humains de nature imbecille
Par ton ferme support soyent tousiours soustenus.

V.

De tous nos ennemis repousse au loing l'effort,
Enuoye nous soudain ta paix tant desiree,
Sers d'addresse infaillible à nostre ame esgaree,
Et destourne nos pas loing du chemin de mort.

VI.

Le PERE, *ô Sainct* ESPRIT, *nous soit cogneu par toy,*
Donne-nous quand & quand du FILS *la cognoissance,*
*Et que de tous les deux l'*ESPRIT *en vne essence*
Nous te croyons tousiours enseignez par la foy.

VII.

Gloire au PERE *& au* FILS *en terre & dans les Cieux*
Loüange au Sainct ESPRIT, *trois d'vne essence mesme,*
Et que le FILS *s'estant à nous donné soymesme*
*Nous donne de l'*ESPRIT *les thresors precieux.*

PARAPHRASE SVR L'HYMNE DE L'ADVENT.

I.

O Createvr des feux dans le Ciel flamboyans,
Eternelle clairté des bons en toy croyās,
Christ Redempteur de tous, ayes l'aureille preſte
Pour nous rendre exaucez en noſtre humble requeſte.

II.

C'eſt toy que nous venons en nos maux requerir,
Toy qui faſché de voir tout le monde perir,
Vins ſauuer des mortels la race languiſſante,
Souffrant pour nos pechez vne mort innocente.

III.

Sur le veſpre du Monde approchant de ſa fin,
Comme vn eſpoux ſortant de ſa couche au matin,
Tu es ſorty des flancs de ta Mere benine,
Vierge deuant, apres, & durant ſa geſine.

IIII.

L'Vniuers t'aduoüant ſon fort & puiſſant Roy
Se proſterne & flechit les genoux deuant toy;
Le Ciel, l'Enfer, la Terre, & ce qui loge en elle
Rendent obeiſſance au clin de ta prunelle.

V.

Le Soleil qui les soirs se retire au Ponant,
La Lune sur son front sa palleur retenant,
Et les Astres, brillans de clairté blanche & pure,
N'outrepassent iamais leur certaine mesure.

VI.

O Sainct, qui dois venir pour iuger les humains,
Nous t'esleuons nostre ame, & nos yeux, & nos mains,
Te prians nous garder de l'embusche traistresse
Et des aguets subtils que l'Ennemy nous dresse.

VII.

Louange, honneur, vertu, regne & gloire en tout lieu
D'âge en âge sans fin soit donnee au grand DIEV:
Gloire soit à son FILS, de nos debtes le Plege,
Et à son Sainct ESPRIT, qui nos ames allege.

PARAPHRASE SVR L'HYMNE DE LA NATIVITÉ.

I.

DES bornes de la terre où tombe le Soleil
Iusqu'aux voûtes des Cieux luisans par son resueil,
D'vne esclatante voix entre nous soit chanté
CHRIST nostre vnique Roy par la Vierge enfanté.

II.

De ce large Vniuers le bien heureux Auteur
Pour nous daigne vestir le corps d'vn seruiteur:
Et pour ne perdre ceux qui furent par luy faits,
Sa Chair rend de la chair les defauts satisfaits.

III.

Sa Mere tousiours vierge en ses entrailles sent
La grace qui des Cieux dedans elle descent:
Son ventre glorieux enclost & porte en soy
Les secrets qui luy sont incognus sans la foy.

IIII.

De son ventre sacré le logis precieux
A l'instant sert de temple à Dieu venu des Cieux:
Sans accointance humaine & sa fleur conseruant
Son Enfant par le Verbe elle va conceuant.

V.

Ceste Pucelle au bout de son terme passé
Accouche de l'Enfant par l'Archange annoncé:
Par luy son Precurseur qui desia le sentoit,
Dans les flancs de sa mere esmeu d'aise saultoit.

VI.

Il se voit sur le foin contre terre gisant,
Pour sa couche vne creche il ne va mesprisant:
D'vn peu de laict se paist celuy qui de sa main
Peut des hostes de l'air rassasier la faim.

VII.

Ores on voit des Saints tout le Chœur s'esiouyr,
Les Anges font de Dieu les merueilles ouyr;
Et du Pasteur celeste ils vont en chants noueaux
Reueler la naissance aux Pasteurs de troupeaux.

VIII.

Gloire, louange, honneur en tous lieux soit rendu
A l'Enfant de la Vierge au monde descendu:
Louange à Dieu son Pere, eternel Createur,
Et gloire au Sainct Esprit, nostre Consolateur.

SVR LA NVICT DE LA NATIVITÉ.

O NVICT plus que les iours radieuse en lumiere,
Nuict, que le nom de nuict ne merite nōmer,
Nuict, que iusques aux Cieux on entend renommer,
Pour auoir leur Soleil veu naistre la premiere.

Nuict premiere des iours & des nuicts la derniere,
Nul ne veit auant toy le vray Iour s'allumer,
Sa lumiere apres toy ne se peut enfermer
Aux prisons de la mort que tu tiens prisonniere.

C'est toy qui apperceus, pleine d'estonnement,
La Vierge, espouse, mere, & fille en vn moment,
Et Dieu sous forme humaine en la terre descẽdre:

Tes tenebres, ô Nuict, m'ont esclaircy les sens:
Mais quand ie veux ma veuë à tes secrets estendre,
De leur clairté trop grande aueuglé ie me sens.

www.ingramcontent.com/pod-product-compliance
Ingram Content Group UK Ltd.
Pitfield, Milton Keynes, MK11 3LW, UK
UKHW021024200726
13857UKWH00004B/1574